지금은
누군가를
만날 생각이
없다

지금은
누군가를
만날 생각이
없다

소소한.일상.속.소소한.에세이

투톤 지음

루아크
RUACH

차례

딱 하나였다.

그림을 그리며 살 수 있으면 좋겠다는 것.

하지만 그 길은 너무 깜깜했다.
내가 서 있는 곳을 알 수 없어
넘어지기 일쑤였고
마음은 늘 답답하고 불안했다.

더 떨어질 곳 없던 최악의 날.
못난 내 모습을 노트에 그렸고
이 이야기들은 그렇게 시작되었다.

글을 쓰고 그림을 그리면서
무거웠던 마음은 조금씩 가벼워졌고,
그 빈자리엔 감사한 마음이 쌓여갔다.

내 이야기가 누군가에게
위로가 되길 감히 바라지 않는다.

그저, 가끔 힘이 드는 날,
문득 가까운 사람마저 멀게 느껴지는 날,
무심코 들춰보고
소소하게 웃을 수 있는,
그런 따스함으로 다가가는
책이 되었으면 좋겠다.

투톤,
또다른 나,

TWO -TONE

두 가지 색
혹은

마음의 무게.

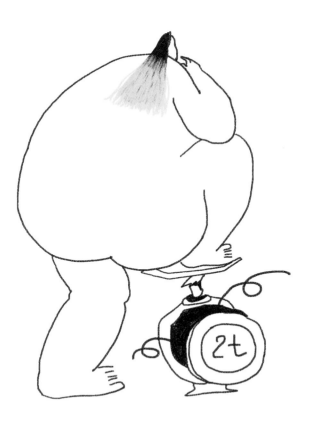

지금은 누군가를
만날 생각이 없다

배려의 말일까, 비겁한 변명일까

그 사람의 눈빛에서 무언가를 읽으려 했다.
그런데 그 무언가가 무엇이었는지
사실 지금도 모르겠다.

서툰 사람이었다.
나에게 말을 거는 것조차 어려워하던,
내 반응에 많이 무안해하던 사람.
그런 사람을 내가 정말 좋아했다.
어느 날, 같은 마음이라고
다른 이의 입으로 전해들었을 때
나는 기뻤고 진심이길 바랐다.
내가 그 사람을 내 방 안에 넣었듯
그 사람의 방 안에도 내가 있었으면 했다.

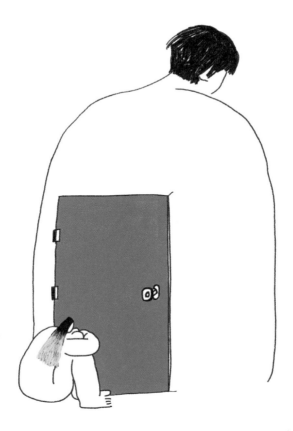

그래서 그 방문 앞을 서성거렸고
그 앞에서 많은 상상을 했지만
정작 나는 한 번도 그의 문을 두드리지 못했다.
확신이 없었고
다가갈 용기가 부족했다.

하루는 내가 그 사람보다 아주아주 커져서
마주 볼 수 있을 것 같다가도

또 하루는 내가 그 사람에 비해 한없이
작아져서 자신 없어했다.

생각해보면 작고 작아지다 스스로를 밟은 날이
더 많았기에 이렇게 끝나버린 것은 아닐까.

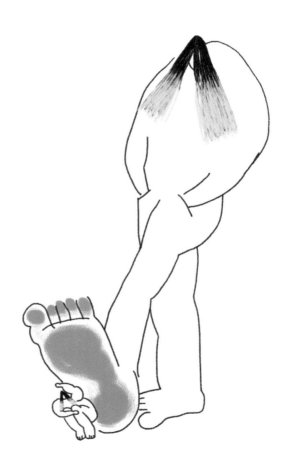

그에게로 뻗어가는 마음과 스치는 우연 속에서도
이루어질 수 있는 끈은 어디에도 없었다.

내가 좀더 솔직했더라면,
용기를 가졌더라면,
날 좋아하든 그렇지 않든
부끄럽더라도
홍조 띤 손을 조심스레 내밀었다면
내 손을 잡아주었을까.
아무 표현도 하지 않으면서
그 사람이 다가와주길 바라는 마음은
너무 이기적이었던 것 아닐까?

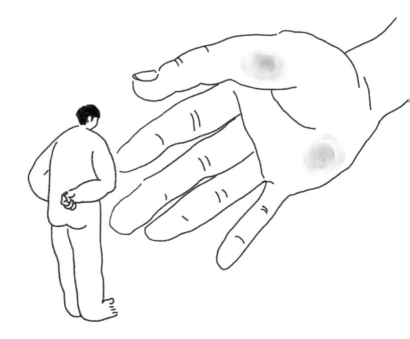

엇갈림 속에서
전해 들은 그의 마지막 말은
지금은 누군가를 만날 생각이 없다였다.
내가 누군가를 거절해야 했을 때
배려라고 내뱉었던 그 말이
부메랑처럼 돌아와 나를 아프게 했다.
그리고 생각했다.
이건 인과응보라고.

그 말 속에 숨은 뜻은
그저 말 그대로 내가 싫다,
날 만나고 싶지 않다는 것일 텐데도
한동안 믿고 싶지 않았고 믿어지지 않았다.
무슨 다른 이유가 있을 것만 같았다.
그럼, 그동안 내가 느꼈던 것은 무엇이었을까.
착각에 불과한 걸까.
확실한 것은 나에 대한 마음이
어떤 것이었든
그 사람은 비겁했다.
그리고 더 비겁한 사람은
나였다.

그저 인연이 아니었을 뿐.
어떤 말이 더 필요할까.

이렇게 미련이 남는 이유는
한 번도 내 마음을
제대로 표현하지 못한 것 같아서….

가끔 표현하지 못한 마음이
불쑥 튀어나와 부풀어오르면
가슴이 답답해지고 뜨거워지면서
목이 아프다.

좋아한다는 말.
좋아했다는 말.

027°

더 부풀어오르다
내가 터져버리기 전에
내 마음 가득 담아 하늘로 날려보내고

029°

그렇게 떠돌다
결국 펑 하고 터져버린 말들이
비가 되어 그 사람 어깨에 물들면
내 마음 한 번쯤 전해질까.

하지만 돌아선 사람의 마음을
잡을 수는 없다.

무엇이라도 해야 했기에
시작한 뜨개질은
한 홀 한 홀
한 단 두 단
그에 대한 복잡한 마음들이 얽히고설켜
쌓아 올려지고 있다.

그러다 목도리가 완성되는 날
어느덧 겨울이 와 있겠지.
그럼, 괜찮아질까.

032°

모든 것이 얼어붙은 거리에서
둘둘 휘감은 회색빛 목도리 속 온기가
그를 떠올리게 하더라도
그래도 따뜻한 기억이었다고
생각할 수 있는 날이 왔으면 좋겠다.

그 사람으로 설레던 두 계절이 지나면
나는 또 그 사람을 잊기 위해
두 계절을 보내야 하는지도 모르겠다.
그래도 이 시간이 지나면
나는 더 성숙한 사람이 되어 있지 않을까.
다시 나에게 사랑이 찾아온다면
그때는 비겁하게 도망치지 않겠다.

부끄럽더라도 손을 내밀 거다.
내 손을 따뜻하게 잡아줄 수 있는 사람을
만나고 싶다.

내가 가장 힘들었을 때
누구에게도 말하지 못했던 비밀을
믿었던 친구에게 어렵게 털어놓았다.

하지만 이해받지 못했고
그래서 기댈 곳 없이
온전히 혼자가 되었다.

그때 알았다.
아무리 사람을 믿어도
모든 걸 털어놓을 수 없다는걸.
그 누구도 내가 될 수 없고
내 마음과 같을 수 없다는걸.

묻어두어야 하는 비밀은
어떻게든 혼자 감당해야 하며
세상을 떠나는 날까지
내가 안고 가야 하는 짐이었다.

외로웠다.

친구를 잃을 것 같았다.
아니,
내가 친구를 버릴 것 같았다.

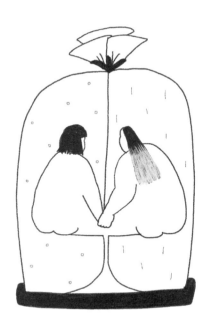

살아온 환경,
가치관,
아픔….
친구와 나의 다른 점을 모조리 찾아
있는 그대로 인정하고 싶었다.
친구를 버리고 싶지 않았다.

우린 그냥 많이 다르니까
네가 나를 이해해주지 않아도 된다고.

하루 종일 밥을 먹지 않아도
배가 고프지 않았다.
그렇게 누워만 있어도
시간은 흘렀고
내일은 어김없이 왔다.

천장이 내 앞에서 낮아졌다,

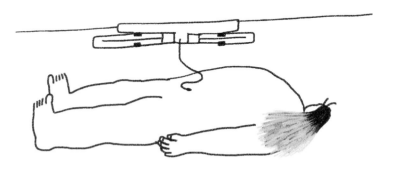

높아졌다를 반복하자
나는 좀 걸어야 했다.

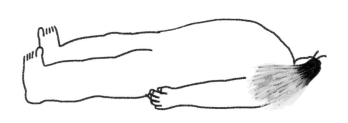

정처 없이 걷다 슈퍼 앞에 다다라
주머니에서 천 원을 꺼내
초코우유 하나를 샀다.

그러곤 한 모금 마셨다.
그 순간,
처음으로 드는 생각은

아, 달다
였다.

사람이 싫었고
존재하는 모든 것들이 미웠다.
내가 서 있는 이곳만 아니면
어디든 좋을 듯했다.
떠나야 했다.
그래서 생각한 곳은
사람이 가장 없을 것 같은 절이었다.

사람이 싫어 도망친 곳에서
네 잎 클로버를 선물로 주시던 스님,
밥을 지어주고 차를 대접해주던 보살님,
그리고 여행 작가를 꿈꾸는,
연극을 하는,
취업을 준비하는
이들을 만났다.

그 사람들의 사연에
위로받았고 감동받았다.

사람이 싫어 떠나온 곳도
사람 사는 곳이었다.
사람이 싫어 외면해도
사람에게 감동받고 위로받는 것이
사람 사는 일이었다.

그걸 깨달았으면서도
나는 사람들 앞에서
자주 움츠러들었다.

변하고 싶었다.
예뻐지고 싶었고
당당해지고 싶었고
그동안 두려워하던 것들에
용기를 내고 싶었다.

한 커뮤니티에 작가 신청을 했다.
글을 올리기 전 발행이라는 두 글자를
누르기까지의 망설임과 두려움을 잊지 못한다.

그곳에 글이 소개되어
여러 사람에게 내가 보이던 날.

모두가 떠난 작업실에
홀로 앉아
한참을 울었다.

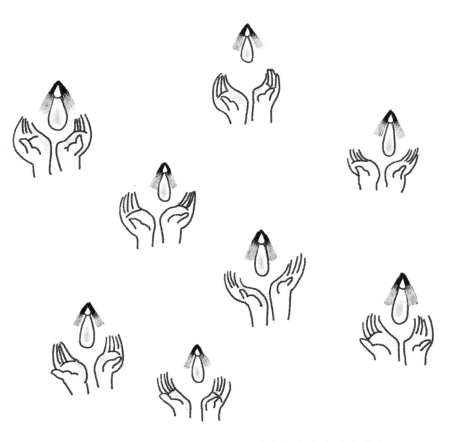

내 마음이 진짜 비가 되어
그 사람에게 닿을 순 없었지만
대신 내 글과 그림이 비가 되어
사람들에게 전해졌다.

나와 닮은 사람들이
자신의 마음을 담아 글을 남겨줄 때마다
나에게도 그 마음이 비가 되어 내렸다.
나는 그렇게 위로받고 힘을 얻었다.

고맙습니다.
감사합니다.

댓글 하나하나에 전하고 싶었던 이 말이
내 마음을 표현하기에는 너무 부족해 보였다.

나는 아직도 비를 맞고 있다.

그래도.

사람은
다디 달다.

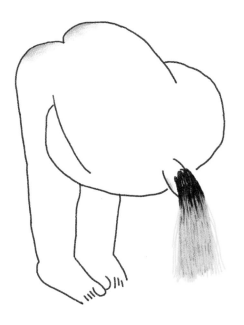

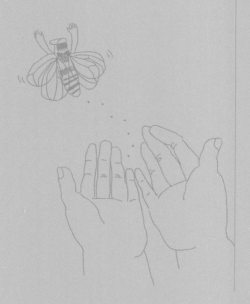

복숭아를 먹다 애벌레가 나왔다.
동화책에서 나오는
귀여운 애벌레가 아니라
그냥 지렁이 같았다.

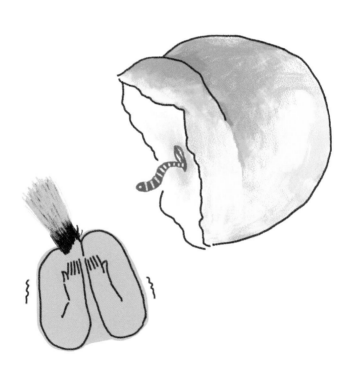

예전에 어떤 연로하신 동화작가가
벌레를 보고 정말 귀여워했다는 말을 듣고
그것이야말로 진정 세상을 바라보는
동화작가의 눈이라고 생각했던 적이 있다.
하지만 나는 아무리 봐도 벌레는 벌레다.

내가 딱 한 번 씩씩했던 적이 있는데,
커피숍 알바를 했을 때다.
어떤 여자 손님이 가녀린 목소리로 나를 불렀다.

"저기, 죄송한데요.
저 위에 있는 나방 좀 잡아주시면 안 될까요?
제가 공부하고 있는데 무서워서 집중이 안 돼요."

알바를 시작한 지 얼마 되지 않아
열심히 해야 한다는 강박과
의욕에 불타올랐던 나는
"네! 제가 잡아드릴게요!"라고 말하고는
한 치의 망설임도 없이
성큼성큼 걸어가 엄지만 한 나방을 두 손으로 잡았다.

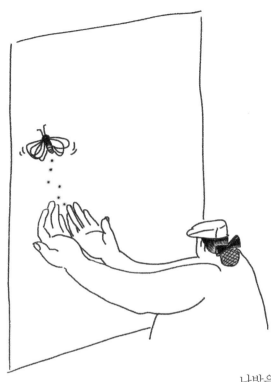

나방은 내 손 안에서
파닥거렸다.

무섭다기보다는
살려는 의지같이 느껴졌다.
손을 뻗어 창문 밖으로
나방을 날려보냈다.

강박과 의욕만 앞섰던 커피숍 알바는
처음 마음과 달리
오래 가지 못했다.

아무리 잘하려 해도 나는 실수를 했고
이해받지 못했다.
변호하거나 변명하는 넉살도 없었던 나는
화를 내는 점장님을 볼 때마다
벌레만도 못한 인간이 되는 듯했다.

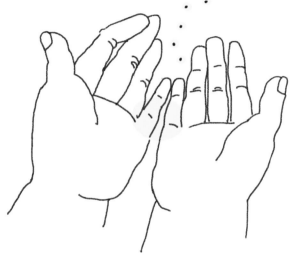

그럴 때마다 내가 날려보낸 나방을 생각했다.
하루 3만 원으로 꿈을 꾸려던 내가
손 안에서 파닥거리는 나방 같았다.
커다란 두 손이 나타나 내가 그랬던 것처럼
창문 밖으로 나를 날려보내주었으면 하고 바랐다.

일이 힘들어도 사람이 좋으면
버틸 수 있지만,
일이 편해도 사람이 힘들면
버티기가 어렵다.

세상을 오래 산 것도
사회 경험이 많은 것도 아니지만
사람들 대부분은 누군가를
기다려주지 않고
이해하려 들지 않는 것 같았다.

빨리 알아듣길 바라고
빨리 적응하길 바라고
빨리 해내길 바랐다.
왜 그랬는지 이유 따윈 궁금해하지 않고
결과로 나를 평가하고 대우했다.

사회 부적응자가 생길 만큼
세상은 너무 빨리빨리가
되어가고 있는 건 아닐까.

지금도 단단하지 못해
울렁거리는 내가 밉고 한심할 때가 있다.
그때 내가 더 버텨냈다면
훨씬 단단한 사람이 되었을까.

아직도 난 그냥
꿈꾸는 나방일 뿐이다.

브로콜리 너마저

인연은 다 따로 있는 법

소개팅의 기억

1*브로콜리

첫 소개팅을 했던 남자를 브로콜리라 칭했다.
친구 어머니가 소개해주신 자리로
소개팅보단 선 같아서 부담도 되었지만
첫 소개팅이라는 것에 대한 기대와 설렘이 컸다.

소개팅에 나가기 전 이런 생각을 했다.

여러 사람을 만나 상처받는 일 없이
그냥 첫 소개팅에 좋은 사람이 나와서
미래까지 꿈꿀 수 있었으면 좋겠다고.

지금 생각해보면 노력 없이 이루어지는
운명적인 만남을 꿈꿨던 것 같다.
내 인연을 만난다는 게 그렇게 어려운 일인지,
그렇게 많은 노력이 필요한지 그때는 정말 몰랐다.

약속 장소에서 브로콜리 씨에게 전화를 했다.
멀리 벤치에 앉아 있는 사람이 보였는데
저 사람만 아니면 좋겠다고 생각한 이가
바로 브로콜리 씨였다.

이유는 이랬다.
브로콜리 씨는 건설 관련 일에 종사하는 사람으로
현장에서나 착용할 작업복 같은 남색 점퍼에
몸에 딱 달라붙는 검은색 폴라티를 입고 있었다.
치명적이었던 건 무스를 너무 많이 발랐는지
머리가 빤딱빤딱했다는 거다.

이러면 안 되는데
정말 이러면 안 되는데,

나는 브로콜리 씨가 조금 부끄러웠다.

그리고 소개팅 내내
브로콜리 씨의 머리를 볼 때마다
자꾸 '치덕치덕'이라는
부사어가 떠올랐다.

아, 무스를 너무 많이 바르셨어….

나는 마음을 진정시켰다.
그리고 날 나무랐다.

너 그렇게
외모 보는 사람이었어?!

정신을 차리고 나는 브로콜리 씨의
매력을 찾기 시작했다.

브로콜리 씨가 말했다.
"소개팅 할 때는 스파게티를 먹어야 한다면서요?
형이 이 스파게티 집을 잡아주더라고요.
저는 한식을 좋아하는데…."
"아, 그러세요?
저는 아무거나 잘 먹어서 상관없는데.
저도 한식 좋아해요."

스파게티가 나왔고
우리는 스파게티를 먹기 시작했다.

브로콜리 씨가 스파게티 먹는 모습을
힐끔 처다봤다.
안 그래도 마른 몸에 딱 달라붙는 폴라티가
그를 더 마르게 만들었고, 먹는 자세마저
구부정해서 뭔가 안타깝게 보이기까지 했다.

그때까지도 나는
그의 매력을 찾지 못했다.

스파게티는 정말 맛이 없었다.
내 그릇에도 브로콜리 씨 그릇에도
줄지 않은 스파게티 면이 보이기에,
"맛이 없으신가 봐요?"
라고 물었다.

그러자 브로콜리 씨가
"네, 좀 싱거워요.
채소도 많고.
내가 싫어하는 브로콜리가…"
라고 말끝을 흐리며,
포크로 여러 채소 사이에서
브로콜리만 찾아내 뒹굴뒹굴거렸다.

그래서 그 후로 그는 나에게
브로콜리가 된 것이다.

그래도 나는 절대 브로콜리 씨를 포기하지 않았다.

그래, 이 사람의 매력이 가려지는 건
저 머리 때문일 거야. 내가 나빠.

난 그와 조금 걸어보기로 했다.
밥을 샀으니 차는 내가 사겠다며
아는 커피숍으로 그를 안내해
음료를 테이크아웃하고는 한강으로 향했다.

겨울이었지만
그날 날씨는
이상하리만치
봄이었다.

그렇게 그와 한 시간 넘게 한강을 걸었고
그에게 잘 가라는 인사를 할 때까지
난 브로콜리 씨의 매력을 찾지 못했다.

헤어진 뒤 브로콜리 씨에게 문자가 왔다.

담에 보자고 하면 거절하실 건가요?ㅋ

슬펐다.

소개팅 내내 브로콜리 씨는
내게 호감을 보였다.
그는 분명 착한 사람이었지만
그를 또 만나고 싶진 않았다.

형제 중 막내라서 그런지
약속 장소 하나 자신이
결정하지 못하는 게
불편했고

구부정한 자세와
반찬 투정하듯 깨작거리는 모습도
마음에 들지 않았다.
같이 걷는 내내 든든한 느낌보다는
나를 쫄랑쫄랑 따라온다는 느낌이었으며
그의 이야기는 재미가 없었다.

하…. 아니다.

그냥, 그의 외모가
처음부터 마음에 들지 않았다.

> 그래, 나는 결국
> 외모를 보는 사람이었다.

어느 순간
나는 브로콜리 씨의 매력보다
단점만 찾아내고 있었던 거다.

거절해야 했다.

거절은 당하는 것도 아프지만
하는 것도 아프다.

나는 최대한 예의를 갖춰 문자를 보냈다.
거절 문자에 무슨 예의일까 싶지만.

2*아콜

아콜 씨는
매일 장문의 문자를 보내왔다.
만나기 전이라 할 말도 없을 텐데
늘 장문으로 보내는
그의 마음과 능력에 감탄했다.

> 오늘 날씨가 어떻네요,
> 어쩌구저쩌구….
> 그럼, 좋은 하루 되세요

> 오늘 날씨가 어떻네요,
> 어쩌구저쩌구….
> 그럼, 좋은 하루 되세요

나는 그에게 매일의 날씨를 전해 들었고
덕분에 매일 좋은 하루를 보내야 했다.

그리고 어느 날, 늘 보내던 장문의 문자 끝에,

그럼 좋은 하루 되세요!
아싸라비아 콜롬비아 ♪

아싸라비아 콜롬비아

아싸라비아 콜롬비아

아싸라비아 콜롬비아

아싸라비아 콜롬비아

아싸라비아 콜롬비아

아싸라비아 콜롬비아

아싸라비아 콜롬비아

아니, 아직도 이런 감탄사를 쓰는 사람이 있다니!

그 후로 그는 나에게
아싸라비아 콜롬비아가 되었고
난 그의 감탄사를 감당할 수 있는
여자가 되지 못했다.

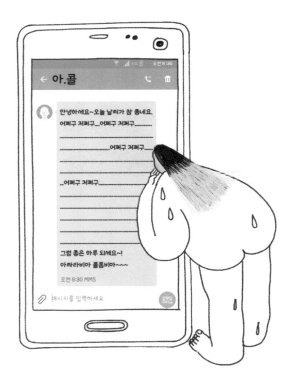

3*곰팡이

곰팡이 씨를 약속장소에서 만났을 때
그의 입술이 제일 먼저 눈에 들어왔다.

입술이 많이 건조해 보였고
거기에 하얀 버짐 같은 게 피어 있었다.
집에서 나올 때 미처 처리하지 못한
국에 피어난 하얀 곰팡이가 생각났다.
그리고 그가 입을 떼자
장시간 지하철을 타고 와서인지
단내가 났다.

그렇게 그는 나에게 곰팡이가 되었고
난 코가 예민한 여자가 되었다.

그리고 얼마 전
첫 소개팅을 주선해주었던 친구에게
브로콜리 씨가 결혼한다는 소식을 들었다.
나는 친구에게 말했다.

인연은 다 따로 있나봐.

그럼, 아싸라비아 콜롬비아 씨는
닭 다리 잡고 삐약삐약이라고
화답해줄 여자분을 만나셨을까.

곰팡이 씨에겐 립에센스를
발라주는 여자친구가 생겼을까.

그렇다면 내 인연은 어디 있을까.

엄마가 예전에 말씀하셨다.
"너 남편 될 사람 오면
내가 따귀를 한 대 때릴 거다."
"왜?"
"왜 이제서야 나타났냐고."

아무래도
따귀 맞을까봐 안 오는 것 같다.

막아줄 테니,
오세요!

＊
실명을 쓰지 못해 별명을 붙였어요.
미안합니다. 저도 알아요.
저도 누군가에겐 오징어였음을….

시월의 경주 — 3박 4일간의 짧고 긴 여행

"왜 하필 경주였어?"라고
누군가 묻는다면
나는 뭐라고 답하게 될까.

내가 어느 밤을 견뎌내야 했을 때 썼던
일기 한 부분이다.

나는 혼자였고 여자였다.
밤의 공간은 칼을 든 것 같은 무법자와
비틀거리는 무능한 자들이 사는 세계 같았다.
내가 자주 걸었던 길이 혹은 좋아하던 장소가
밤이 되면 다른 분위기로 나를 맞이할 수 있다는 게
친밀했던 친구가 갑자기 날 차갑게 대하는 느낌과 같아서
쓸쓸하고 외롭고 무서웠다.

혼자만의 여행이란
그런 밤을 홀로 보내는 것이라 생각했다.

하지만 텔레비전에서 본 경주는
밤에도 환하게 불이 켜져 있는 곳 같았다.
그래서 경주였다.

밤에도 무섭지 않을 것 같아서.

그러나 경주도 밤이 되면
유적지와 번화한 곳 말고는 어두운 곳이 많았다.
나는 어두운 거리를 혼자 걸으며 중얼거렸다.

아, 괜히 혼자 와가지고.
아, 괜히 혼자 왔어.
아, 괜히 왔어!!

경보로 걷다 뛰길 반복하다
게스트하우스에 도착했을 때
난 손을 모아 이 세상에 존재하는
모든 신에게 기도드렸다.

무사히 도착할 수 있게 해주셔서 감사하다고.

여자 혼자 다니기에 세상은 왜 이리 험할까.
그러면 내 동생이 나타나
내 손에 거울을 쥐여주며 말할 것이다.

걱정 ㄴㄴ

거울 속 내 얼굴이 일그러지며
그 자식의 멱살을 잡아
마구 흔드는 상상을 하다 웃음이 났다.

보고 싶군,
이런 밤에는.

게스트하우스에 도착해서 제일 먼저 한 일은
자전거를 빌리는 것이었다.
투숙객이 많은 만큼 자전거 대여 또한 많았다.
남은 자전거라곤 바구니도 없는
투박한 남성용 스포츠 자전거 한 대뿐이라는 말에
나는 보지도 않고 "괜찮아요, 그냥 주세요" 했다.

에잇, 굴러가기만 하면 되지, 뭐!라는 생각에.

하지만 자전거를 타고 첨성대에 이르렀을 때
색색깔의 예쁜 클래식한 자전거를 탄 사람들이
포카리스웨트 CF의 한 장면처럼
라라라라라~♪ 하며
내 옆을 슉슉 지나갔다.

그럴 때마다 생각했다.

항항항. 굴러가기만 하면 되지, 뭐!

그러나 나는 그 자전거를 3일이나
선불로 빌렸고
여기저기 자전거 대여소에 세워진
예쁜 자전거가 보일 때마다
왠지 마음이 쓰렸다.

다시 보니 인기 없는 내 자전거에는
거미줄까지 쳐져 있었고
그게 또 짠했다.

예쁘지 않으면 어때!

자전거에 슝슝 달려보자고
슝슝이라는 이름도 붙여주고
내 엉덩이가 터질듯 불이 나게 타면서
경주를 달리고 달렸다.

내가 자전거 대여를 취소하지 못한 이유는
예쁘지 않다고 바꾼다는 게
타당하지 않은 것 같기도 했고,
게스트하우스 여직원이
쌀쌀맞은 것도 한몫했다.

게스트하우스에 도착하고
여직원의 불친절함 때문에
여행 시작부터
나는 기분이 좋지 않았다.
그래서 어떻게든
다시 부딪히지 말자고 생각했다.

여행 기분을
망치고 싶지 않았으니까.

그런데 키를 받고 방으로 들어와
여직원이 준 수건을 펼쳐보니
아무리 흔들어봐도 한 장이었다.

3일간 수건을 한 장 쓰라는 건가?
매일 한 장씩 달라고 해야 하는 건가?

그 여직원한테 다시 물어볼 생각을 하니
한숨부터 나왔다.
그래도 이런 건 당당히 물어봐야 한다고 생각해
나는 연습하기 시작했다.

3일간 숙소에 머무는데
수건 한 장이 웬 말이란 말입니까?!

세 장까지는 바라지도 않아요!
그래도 두 장은 주셔야 하는 것 아닌가요?

수건 한 장만 더 주시면 안 될까요?
돈을 지불해야 하는 건가요?

나는 점점 말할 자신이 없어졌고
결국 한 장만 쓰자!
환경을 생각해 이런 것도 아껴써야 해
라고 생각하며 3일간 수건 한 장을 썼다.

내가 처음으로 떠난 혼자만의 여행은
이렇게 자기합리화의 연속이었다.
소심하고 소극적인 성격의
내가 또렷이 보였다.

사실 예전 같았으면
바보, 그런 말도 제대로 못 해! 하며
자신을 몰아세웠을지도 모르겠다.
그런데 지금은 이런 나를 받아들인다.

그래도 난 조금씩 변하고 있고
좋은 면이 더 많잖아!
하고.

첫날, 자전거를 타고
경주 곳곳을 급하게 내달렸고,
둘째 날, 빠르게 걸으며
경주 여기저기를 구경하고 있을 때
숨이 차 헐떡이는 나를 발견했다.

왜 이렇게 시간에 쫓기는 사람처럼
서두르지? 하는 생각이 들자
그제야 걸음이 느려졌고
숨 가쁘게 들이마시기만 했던 것들을
하나씩 토해내듯 뱉어냈다.

그러자 여유로움이 천천히 흘러나와
내가 바라보는 풍경과 어우러지며
내가 서 있는 곳이 보였다.
그래, 경주였다.

서울이 아닌 경주.

시간에 쫓겨 급하게 서두르며
빠르게 걷고 달리지 않아도 되는
나 혼자만의 여행이었다.

슬며시 콧노래가 나왔고
그 순간이 행복하게 기억될 것 같았다.

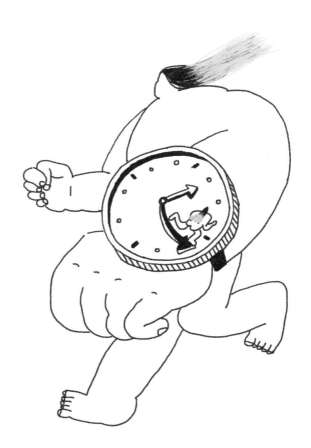

혼자만의 여행은
결국 나를 돌아보는 여정이다.
나는 지금 첨성대를 바라보며
과거, 현재, 미래까지
나에 대해 생각하고 또 생각한다.

펼치지 못한 꿈.
접지 못한 과거.
펼치지 못한 마음.
접지 못한 사람.

나는 왜 무엇 하나 완성하지 못하고
접었다 폈다만 반복하며 망설였던 걸까.
해보지도 않고 두려워했던 것들이
혼자만의 여행 말고도 또 얼마나 많았던가.

그래서 나는
내 마음의 색종이를 접었다.

나만 볼 수 있는 커다란 종이학을 완성시켰고
그 종이학을 첨성대 옆에 놓아두었다.

이제 더는 망설이지 않기를.

내가 이곳을 떠나더라도
내 소망이 담긴 종이학은 이곳에 남아
첨성대와 함께 별을 보았으면 좋겠다.

서울로 돌아간 뒤
힘든 일이 생겼을 때
첨성대 옆 종이학을 떠올리면
내가 다시 반짝거리며
앞으로 나아갈 수 있지 않을까.

나에게만 보이는
첨성대 옆 커다란 종이학은
지금도 별을 보고 있다.

그 별이 반짝이자
나도 덩달아 반짝인다.

그리고 나는 또 혼자만의 여행을 꿈꿔본다.

비록
아, 괜히 또 혼자 왔어!
라고 말하게 될지라도.

K라는 사람은
내가 쓰는 번호의 전 주인인 것 같다.

번호를 쓰기 시작하면서부터
그가 카드를 사정없이 긁을 때마다
몇 시 몇 분 어디에서 얼마의 돈을 썼는지
친절한 육하원칙처럼
나에게 바로바로 전송되곤 했다.

나도 모르게 그 사람의 일상을 상상하게 되면서
처음에는 귀찮고 불편하게 느껴졌던 알림 문자를
어느 순간 흥미롭게 살피기 시작했다.

○○ 편의점에서 오전 8시 10분에
5500원을 긁었을 때
출근하던 그가 담배 한 갑과 껌 한 통을
구입하는 상상을 했고,

○○ 당구장에서 오후 11시 45분에
24000원을 긁었을 때
오랜만에 만난 친구들과
내기 당구를 치는 모습을 그렸다.

그런데 그가
야심한 새벽 ○○ 모텔에서
50000원을 긁었을 때

내 상상은 과했고
타락하는 자신에게 큰 죄의식을 느끼며
그를 스팸함으로 보내드렸다.

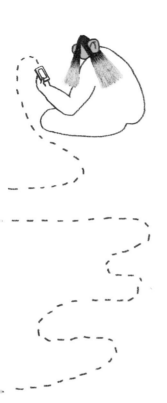

129°

왜 처음부터 그를
스팸으로 등록할 생각을 하지 못했을까.
곧 번호이동을 할 거라 방관했고,
분명 어딘가에 존재하는 사람이었지만
그를 번호 속에 사는 사람으로 만들어
이야기를 꾸미고 싶었다.

옛 번호로 자신이 노출되고 있는
그의 마음을 헤아리지 않았고,
내가 남의 사생활을 침범하고 있다는
생각도 하지 못했다.

반성했다.

사람들은
번호라는 집을 짓고 사는 것 같다.

어떤 번호의 집은 한 사람이 오래 살고 있고
어떤 번호의 집은 여러 사람이 살았고
또 그러다 버려진 번호의 집도 있을 거고
지금 새로 지어진 번호의 집도 있을 거다.

그러다 문득
버려진 내 옛 번호를 떠올렸다.

그 번호는 새로운 주인을 만났을까?
그렇다면 나도 옛 번호에게
내가 어떤 사람이라고 말하고 있는 걸까?
아니면 스쳐 지나간 사람들의 휴대폰에
아직도 그 번호가 존재하고 있는 것은 아닐까?
그래서
톤톤, 잘 지내고 있니? 하고
누군가 내 안부를 물어주진 않을까.

나는 오늘도 내 번호의 집에서
가족을 만나고
친구를 만나고
잊고 있던 사람에게
안부를 묻는다.

쩡이와 미란다는
내가 사랑하는 우리 이모의 딸들.

꼬물꼬물 태어나 기고 걷고 말하는
성장과정 모두를 지켜본 나는,
그녀들의 산 증인으로서
"내가 너희를 업어 키웠다!"
라고 말하고 싶지만 양심상 쩔리므로….

우리는 그냥 자매처럼 함께 자라왔다.

반대로 그녀들 또한 이 세상에 태어나
기억이란 것이 하나씩 저장되기 시작하면서
사촌 언니인 나의 기억들도 보관하고 있나본데,
그녀들의 입에서 나오는 나의 과거사는
하나같이 부끄러운 것들뿐이어서
난 그녀들에게 말한다.

이런 식이면
나도 터뜨릴 수밖에 없다고.

어려서 그녀들은 나를 추종하던 세력이었다.
내가 좋아하는 것들을 별 판단 없이 믿고 따랐다.
그래서 당시 그녀들을 나름 신세대 어린이로
거듭나게 해주었다고 난 자부했다.

그러나 지금 나는
그녀들보다
최신 가요에 어둡고,
최신 유행어를 모르며,
최신 트렌드를 멀리해
늙은이 취급을 받고 외모까지 지적받는
처지로 몰락하고 말았다.

한때는 매일 놀아달라 보채고
다른 친척 동생들과 친한 꼴도 보지 못하던
질투의 화신들이 이제는 보자고 하면
"언니는 친구도 없어?"라고 말하며
비싸게 굴고 앉아 있는 것이다.

그들은 어느새 나보다 커져선
나를 쥐락펴락하는 독설가이자
어엿한 20대 여성이 되었다.

예쁘게 파마한 날
친구가 나에게 말했다.
"너 예술가 같다"고.

나는 자신 있게 쩡이를 만났다.
쩡이가 날 보며 말했다.

"어! 해그리드다!
해그리드가 나타났다!"

아오_

그에 반해 미란다는 말이 없지만
눈빛으로 말한다.

오늘 그녀의 눈빛에서
언니 옷 왜 저래를 읽었다.
그다음 날 또 그녀의 눈빛에서
저 언니 옷 또 왜 저래를 읽었다.

아오_
알았다고, 갈아입겠다고!

가끔 그녀들의 기에 눌려
쭈꾸리가 된 기분이 들지만
그래도 그녀들만큼 나를
객관적으로 봐주는 사람이 없다.
그래서 나는 점점
용
이 되어간다.

머리를 감지 않고
세수 안 한 꼬질한 얼굴로 대면해도
실수로 뿡 하고 방귀가 나와도
좀 씻어라, 더러워 죽겠다는 말은 듣겠지만
그래도 있는 그대로 날 받아줄 것 같은
그녀들이 나는 좋고 편하다.

어느 날 쩡이가
나에게 새침하게 말했다.

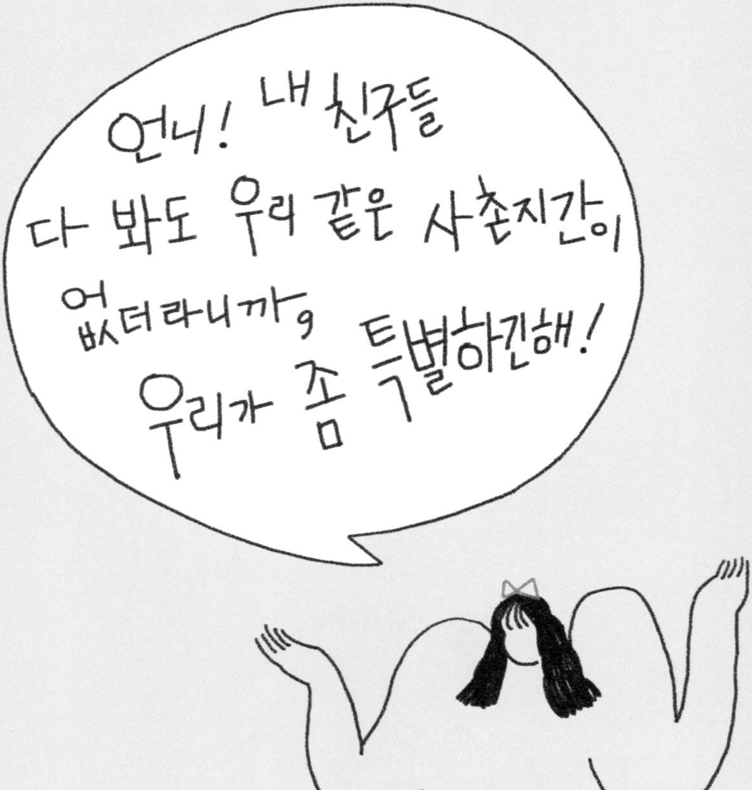
언니! 내 친구들 다 봐도 우리 같은 사촌지간이 없더라니까, 우리가 좀 특별하긴해!

나는 그 말에
"그게 다 윗사람인 이 언니가
너희에게 양보하고 보듬고 너그러웠기에
가능했던 일인 거야"라며
푼수처럼 으스댔지만,
실은 그 반대였다는걸
잘 알고 있다.

나를 좋아해주고 따라주었던 그녀들이 없는
내 어린 시절은 생각만으로도 쓸쓸하다.
어쩔 땐 언니처럼 나에게 조언도 아끼지 않는
쩡이와 미란다를 보면서 난 항상 생각한다.

사람의 깊이는
나이와 비례하지 않는다고.

그녀들에게서 느끼고 배우는 것들로
부족했던 내가 좀더 괜찮은 사람으로
변해가는 것 같다.

물론 가끔은 아오_하게 만들지만
내 일상에 녹아든 그녀들을
이곳에 소개하고 싶었고
소개해야만 했다.

자주 등장하게 될 것이 분명하므로.

8

한때는
발바닥에 있었다

어디쯤 있나요?

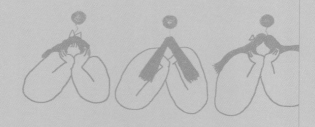

미란다는 자신이 미움받고 있다고 생각하며
그 이야기를 꺼낼 때마다
눈에 눈물이 그렁해져선 우울해했다.

다른 이에게 미움받는다는 느낌은
왠지 서럽고 괜히 눈치 보게 되고
심지어는 자신이 가치 없는 사람처럼
느껴지게도 만드는 것 같다.

그래 당신은 그렇게 말하고 행동하세요.
난 상관하지 않을 테니!
라고 생각했으면 좋겠는데,
사람이란 사랑받고 싶어 하는
마음이 더 크기 때문인지
그것을 받아들이고 이해하기란
정말 어려운 듯하다.

그렇지만 미란다가 마음을 얻기 위해
더는 애쓰지 않았으면 좋겠다고 난 생각했다.

155°

애쓰면 애쓸수록 더 상처받게 되고
기대할수록 실망만 커지게 되고
그렇게 원하는 마음만 재촉하다가
자신을 돌보지 못하게 될까봐
걱정되었기 때문이다.

마음을 비우고 언젠가는
저 사람도 나의 진정한 모습을
알아봐줄 날이 오겠지 하는 기다림이라든가
아님, 알아봐주지 않더라도
다 날 좋아할 순 없지 하는 체념이라든가
미란다 나름의 모습을
진정으로 좋아해주는 사람들을 생각하며
아님 말고!라고 말할 수 있는 배짱이
지금은 절실히 필요하다.

그리고 그중에서도!
특히 미란다를 많이 많이 좋아하는
나와 쩡이가 있지 않은가!

그러나… 우리의 존재가
그리 큰 위로가 되지 않는 모양이었다.

나는 미란다에게
"지금 너의 자존감이 발뒤꿈치에 있어"
라고 말하고,

쩡이에겐
"넌 어깨 정도에 있는 것 같고"

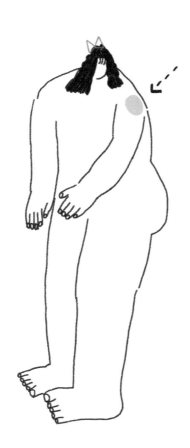

"난 발바닥에 있다아아!"
라고 말하며 발을 들이밀었다.

자신감을 잃은 미란다에게 자존감을 높이자며
웃자고 한 이야기였지만
정말 내 자존감이 발바닥에
붙어 있었던 시간들이 생각났다.
발을 들어 발바닥을 봐야만
볼 수 있었던 내 자존감.

그래도 미란다는 아직 보이는 곳에
붙어 있으니 희망적이다.
그러니 힘을 냈으면!

161°

건강한 사람은 자존감의 위치가 어디쯤일까?
어깨에서 머리 위 정도가 아닐까?

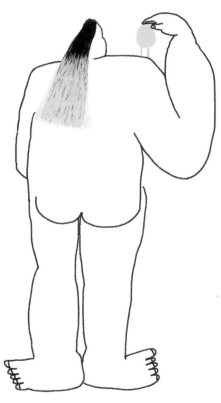

내게 가장
이상적인 자존감의 위치는
어깨다.
바로 보여 확인할 수 있으니까.
너무 머리 위에만 있으면
거만한 사람이 될 것 같다.

옆에 있던 엄마에게
"엄마가 생각하는 이상적인
자존감의 위치는 어디야?"
라고 물어보았다.

그러자 엄마가 말했다.

"글쎄, 가슴이 아닐까?
무엇이든지 마음에서부터 시작되니까."

맞다, 가슴이구나!

에잇, 그래도 머리 꼭대기까지
자존감이 충만해서
나를 더이상 미워하지 않고
뭐든 자신 있게 말하고 행동하고,
부끄러운 말 같지만
자신을 사랑… 할 수 있었으면 좋겠다.
하지만 절대 거만한 사람이 되어서는 안 된다.

그럴 땐 꼭 가슴으로 내려오자!

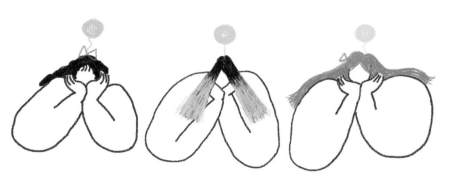

9

마른 나뭇잎 하나

동동 매달린 나의 의지

난 두 가지 이상을 잘하지 못하는 사람이다.
한 가지가 부지런하면 다른 한 가지가
꼭 소홀해지기 마련인데,
지금은 모든 게 소홀하고 소원해졌다.

내 모습은 마치 얼음 땡 놀이에서
내가 **얼음!** 하고 외치자
모든 것이 마법처럼 얼어붙은 것과 같고,

겨울잠을 자는 동물처럼
땅굴 속에 가만히 누워
봄이 오기만을 기다리는 것과 같다고
말해보고 싶지만, 아무리 생각해도 난
너무나 게으른 사람일 뿐이었다.

땡! 하고 외쳐주는 이 없고
봄이 왔다고 깨워주는 이 없을 테니
스스로 알아서 삶이라는 굴레와
어른이라는 이름표를 달고
나는 다시 나아가야 한다.

그러나 게으른 인간의 최후는
밀린 집안일과 마주하는 것.
다이어리에 적힌
작심 3일짜리도 되지 못한
새해 목표를 몹시 부끄러워하며
북북 찢어 먹어버리는 것.
뭐야! 벌써 2월이란 말이야!?라고 말하며
이불 속에서 킥을 날리며 자괴감에 빠지는 것.

하지만 나는 다시 삶이라는 굴레와
어른이라는 이름표를 달고
밀린 집안일부터 시작해본다.

산더미처럼 쌓인 집안일은
말 그대로 조금만 늦었으면
거대한 산을 오르내릴 뻔했다.

그중에서도 겨울옷은
퉁퉁해서인지 조금만 쌓아놓아도
여기저기 방마다 동산을 이룬다.

세탁기에 넣어 큰 낭패를 본 이후로
윗옷은 꼭 손빨래를 하는데
물먹은 겨울옷은 너무 무거워서
빨래를 하는 것인지
역도를 하는 것인지 모를 만큼 힘에 겹다.
미리미리 벗을 때마다 하나씩 빨걸 하는
후회가 쓰나미처럼 밀려온다.

드디어 빨래를 다하고 일어나는데
에구구 하는 신음이 절로 나온다.
마루에 벌러덩 누웠다가
따스한 겨울 햇볕에 창문을 열어본다.

그러다 창문 너머 앙상한 나뭇가지에
아직 미련을 버리지 못한
마른 나뭇잎 하나가
동동 매달려 있는 것을 발견했다.

그리 붙잡고 싶은 것이 많은지
거센 비바람과 눈보라에도
끄떡없이 추운 겨울을 버텨냈다.

함께 나고 자란 나뭇잎들은
자신의 운명에 순응하듯
비에 쓸려서 혹은 눈의 무게를 못 이겨
이내 사라졌거나 화단에 떨어져
흙과 하나가 되었겠지.

어쩌면 작은 생명 하나까지도
삶에 대한 의지는 가득할지 모른다.

따뜻한 이불 속에서
타협점을 찾고 핑곗거리를 만들며
아무런 의지 없이 나태하게
살던 내가 부끄러웠다.

나도 저렇게 마른 나뭇잎이 될 때까지
동동 매달려 삶에 대한 끈을,
의지를 놓지 않아야지.

먹어버렸던 새해 목표를
다이어리에 다시 토해낸다.

10°
얼큰이가 된 이야기

나를 바라보는 나의 시선

눈이 많이 오던 그해 겨울은
빙판길 사고가 잦았고
사람들은 넘어지지 않으려 버둥거렸다.

나 또한 넘어지지 않으려고 애쓰며,
꽉 쥔 주먹을 균형 삼아
조심스레 앞으로 나아가고 있었다.
그때 누군가 전단지 한 장을 건넸고
난 그것을 받아들었다.

"얼굴을 작게 만드는 경락 마사지"

경락 전 얼굴을 뜬 석고와
경락 후 얼굴을 뜬 석고의
사진이 첨부되어
누가 보아도 그 효과와 차이를
확연하게 알 수 있었다.

요즘 미의 기준은
누가 뭐래도 이목구비가 뚜렷하고
작고 갸름한 얼굴선을 가진 여성이다.

라는 어떤 기자의 글처럼
미의 기준으로 작은 얼굴이
주목받고 있는 시대임이 틀림없다!

나는 그때부터 내 얼굴 크기가
어느 정도인지를 가늠하며
내 친구 누구누구와 비교하기 시작했다.
그런데 내 친구 누구누구와 비교해도
모두 내가 큰 것만 같았다.
그리고 내 옆을 지나가는
수많은 여성과 비교해보아도
날 이기는 자가 없어 얼굴 크기 하나로
난 압승에 압승을 거두었다.

그렇게 비교를 거듭하면 할수록
내 얼굴은 점점 더 커지더니
어느덧 이 세상에서
아니 이 우주에서
초특급 슈퍼 울트라 캡숑 짱
얼큰이가 되어,

나도 이것을 해보면 작아질까?

라는 물음에 다다랐다.
그리고 그때 미끌 하며 세상이 3초간 멈추었다가
다시 움직였다.

189°

쿵 하는 소리와 함께
발라당 넘어지고 만 것이다.

난 빛의 속도로 일어나며
내 얼굴을 가려준 긴 머리에
감사해야 했다.

어쩌면 이 생각을 시작하면서부터
진짜 내 얼굴이 커진 것은 아닐까.
그래서 그 무게를 못 이겨
넘어진 것은 아닐까.

그때 왜 나는,
스스로를 얼큰이라
낙인찍으려 했을까?

191°

창조력을 키우는 프로젝트 가운데
5분 자화상이라는 것이 있다.
매일 5분 동안 자신의 얼굴을
재료의 구애 없이 자유롭게 그리는 것인데,
내가 나를 어떻게 바라보느냐에 따라
얼굴이 매일 달라진다.

오늘, 그동안 그렸던
내 얼굴들을 나열해보니
예쁘게 그린 날보다
그렇지 못한 날들이
더 많다는 것을 알았다.

나를 바라보는 나의 시선이
좀더 따뜻했더라면
나는 얼마나 더 자유로운 사람이
될 수 있었을까.

한 예능 프로그램의
"못친소 페스티벌 2"에서 출연진들은
'나는 김수현과 vs 나는 유아인과'로
토론을 벌였다.

거기서 유재석 씨는 말했다.

"저는 유아인과예요.
느낌이 그래요.
과라는 건 어디가 닮아서가 아니에요.
개과 고양이과가 있잖아요.
그런 과로 보시면 돼요.
유아인과예요. 저는."

자신을 유아인과라고 말하는 유재석 씨가
나는 정말 유아인과로 보였다.
그리고 어느 순간 다른 출연진들까지도
매력적으로 보이기 시작했다.

나를 바라보는 나의 시선이
나를 바라보는 남의 시선을
만드는 것은 아닐까.

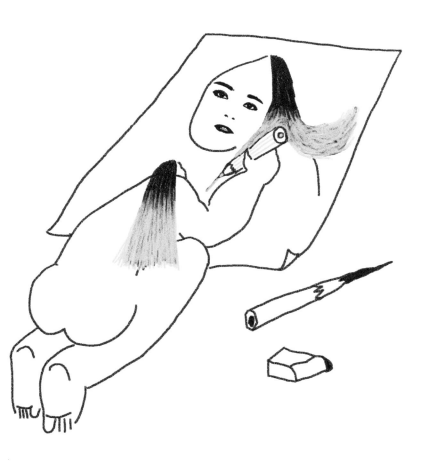

195°

그래서 나는 오늘
나를 따뜻한 시선으로 바라보며
자화상을 그린다.

아무리 봐도 나는 송혜교과인 것 같다.

11°

지구와 달 사이

달 편에 서서 지구를 바라본다는 것

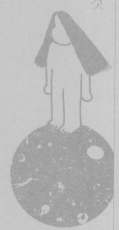

지구와 달 사이에
서로를 끌어당기는 힘,
인력이라는 것이 존재하고
달이 지구에서
점점 멀어지고 있다는
기사를 접했을 때
사람과 사람 사이를
생각했다.

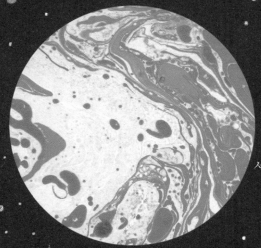

지구와 달 사이처럼
사람과 사람 사이에도
서로를 끌어당기는
힘이 존재하고,
달이 멀어지는 것처럼
우리도 어떤 면에선
서로에게 점점 멀어지고
있을지도.

사람이 좋아
그 안에서 살고 싶다가도
사람에게 상처받고 상처를 주며
내가 타인을 진심으로
대할 수 없을 땐
고독이 뚝뚝 떨어질 만큼
한없이 혼자가 되고 싶다.

그래서 나는
달아나는 달 편에 서서
지구를 바라보는 날이 많았다.

늘 가까워지고 싶었지만
늘 도망치고도 싶었다.

하지만 어떻게든
사람과 마주하며
살아가야 하므로
나는 다시 힘을 내서
지구로 돌아가길 반복했다.

돌아간 지구에서
힘든 사람과 마주할 때마다
내 표정과 마음은 같아서
진심이 아닌 마음은
아무리 숨기려 해도
표정으로 쉽게 드러났다.

지우개로 표정을 지우거나
검은 봉지를 뒤집어쓰고
사람과 대면할 수 있다면 어떨까.

그럼, 조금 덜 힘들 수 있었을까.

그런 표정에 드리워진
어둠을 들킬까봐
노랗게 염색을 했다.

밝아 보이지 않을까 하고.

자라나는 어둠을
뿌리 염색으로
지우고 지우다
미용실 원장님께서 말씀하셨다.

"너무 자주 하면 머릿결 다 상한다니까!"

지우지 못한 어둠은 가지를 뻗어갔다.
나는 두 색의 선명한 경계에 서서
밝음과 어둠은 어차피
공존하는 것이라고 생각했다.

어둠이 뻗어가는 만큼
마음은 무거워졌고
무거워질수록
내 몸은 거대해지는 듯했다.

거대해진 몸을 이끌고
거리를 누빌 때면
나는 자신밖에 보지 못하는
불행한 사람이 되어 있었다.

하지만 이제는 나도 안다.
모두 마음의 짐을 지고
걸어가고 있다는걸.

누군가에겐 가벼운 짐이
다른 이에겐 무거울 수도 있으니
섣불리 남의 아픔을
저울질해선 안 된다는걸.

나는 항상 기도한다.

가진 사람들과
나의 처지를 비교해서
불행해하지 않길.
없는 사람들과
나의 상황을 비교해서
행복해하지 않길.

내 모든 번뇌가
모두 내 안에서
풀어지길.

뿌리 염색을 하지 못한
표정 없는 거대한 사람.

그런 투톤은 또다른 나.
이중적인 마음, 과오의 허물, 나의 약함,
아픈 손가락, 상처, 방어기제, 굴레, 결점….

언젠가 내 모든 마음의 짐이 사라져
투톤에게 표정과
가벼워진 몸을 그려주는 날이
올까.

나는 또 달 편에 서서
지구를 바라본다.

멀리서 보면
이렇게 아름다운데
이렇게 작은 존재인데
왜 지구로 돌아가기만 하면
그것을 잊은 채 살아가는 걸까.

지구에서 쩡이와 미란다가
날 부른다.

아, 이 언니 또 땅을 파다 파다
지구 밖을 뚫고 나갔네.
빨리 돌아오지 못해?!

나는 다시 힘을 내
덜덜거리는 우주선을 타고
지구를 향해 날아간다.

가끔씩 달아나는 달 편에
또 서는 날이 있겠지만,
저 안에 사랑하는 이들이
존재하는 한,
나는 되도록 지구 편에 서서
사람들과 마주하며
살아갈 것이다.

12°
그 시대에
태어나길 잘했지

할아버지의 좋은 세상

몇 년 전 미란다는
할아버지와 할머니에게
스마트폰을 선물해드렸다.

여든을 바라보시는 두 분이
그것을 잘 쓰실 수 있을지
어른들은 모두 걱정하셨다.

똑같은 기능을 여러 번
가르쳐드려야 했지만
할아버지와 할머니는
금세 적응하셨고
어린아이처럼 좋아하셨다.

스마트폰 기능 중에
할아버지와 할머니가
가장 마음에 들어한 것은
MP3 기능이었다.

할아버지는
작은 수첩을 내미시며
이것도 스마트폰에
넣어줄 수 있느냐고
물어보셨다.

그 작은 수첩에는
할아버지가 좋아하는
옛 노래 제목들이
몇 장에 걸쳐
빼곡하게 적혀 있었다.

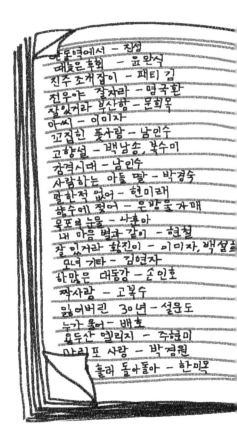

영녀어 고갯길 - 신세영
며란선은 떠난다 - 은방울 자매
청년화 - 최석준
잠지마 - 문연주
얄똥한 당신 - 황금심
성고동 우는 항구 - 은방울 자매
삼팔선의 봄 - 최갑석
바보처럼 울었다 - 진송남
유리벽 사랑 - 박진도
난 정말 몰랐었네 - 최병걸
하룻밤 풋사랑 - 손인호
수풀령 - 나훈아
타향살이 - 고복수
울려고 내가 왔나 - 남진
보고싶은 여인 - 현철
어차피 떠난 사람 - 김연자
유달산아 말해다오 - 이미자
날이 날이 갈수록 - 이영화
마음 약해서 - 조미미
우연히 정들었네 - 박건석
오동잎 - 최헌
굳세어라 금순아 - 현인
동숙의 노래 - 문주란

내가 듣고 싶은 노래를
마음껏 찾아 흥얼거릴 때
할아버지는
수첩에 제목 하나하나를
적고 계셨다는 생각을 하니
너무 죄송했다.

그날 노래를 다 넣어드리고
할아버지와 할머니를 따라
운동을 하러 나갔다.
수확이 끝나 황량해진
논과 밭 사이를
우리는 걷고 또 걸었다.

바람이 많이 불던 겨울이었고
그 바람 사이로
할아버지의 스마트폰에서
내가 알지 못하는
옛 가수의 노래가
구슬프게 흘러나왔다.

그때 할아버지가 말씀하셨다.

정말 없는 시절이었다.
배추뿌리, 무뿌리를 주워다 쑤어 먹었지.
배추뿌리는 그래도 맛이 있었지만
무뿌리는 정말 맛이 없었어.

내 할머니는 맛있는 배추뿌리는 우리에게 주고
자신은 괜찮다며 늘 맛없는 무뿌리만 드셨어.
그래서 할머니를 생각하면 그것이 짠하다.
고생만 하다 돌아가셨지.

살아생전에 내 할머니가 그러셨다.
너희 땐 좋은 세상이 올 거라고.

그런데 정말 그 말이 맞다.

그 시대에 태어나길 잘했지.
힘든 시절을 모두 겪어내고
지금은 좋은 세상에 살고 있으니까.

나는 할아버지에게 여쭈어보았다.

할아버지, 근데 너무 힘든 시대였잖아요.
그래도 그 시대에 태어난 게 좋으세요?

할아버지는 말씀하셨다.

너무 힘들었기 때문에
지금이 좋다는걸
잘 알 수 있잖니.

그렇게 말씀하시고는
저만치 멀어져 가시던
할아버지의 뒷모습.

그 모습에서
모든 풍파를 이겨낸,
고단했던 할아버지의 삶이
나에게도 전해지는 것 같아
마음이 아렸다.

어둡고 답답한 세상과
마주할 때면
할아버지 말씀이
생각난다.

나도 촛불 하나에
간절한 소망을 담으면
먼 훗날 다음 세대에게
우리 할아버지처럼
말할 수 있지 않을까.

13°
봄 타는 여자

분홍 물이 드는 계절

안녕하세요, 하고
인사하고 싶어요
살짝 미소지으며
아주 큰 소리로요
그럼 깜짝 놀라
반가워 해주실래요?

새하얀 원피스를 입고
한 손엔 꽃이 한 아름
다른 한 손엔
정성스레 싼 도시락
그렇게 그렇게
봄을 기다리고 싶어요

봄 타는 여자는 부끄러운 시를 쓴다.

센티해진 마음으로
그녀가 카페를 나오자
비바람에 이리저리 손을 흔들며
벚꽃 잎이 떨어지고 있다.

비가 오는 것인지
눈이 오는 것인지
분간하기 어렵군.

봄 타는 여자는 혼잣말을 한다.

집으로 바로 가는 지하철을 마다하고
굳이 빙 돌아가는 버스를 타는 이유를
그녀 자신도 알지 못한다.

차창 밖으로 스쳐 지나가는
봄의 풍경들이
그녀의 검고 어두웠던 눈동자에
생기를 불어넣어주고
물먹은 꽃길은
물감을 풀어놓은 듯
분홍빛으로 물들어
건조했던 그녀의 마음에
분홍 물을 들였다.

자연은 늘 그렇듯
아무런 대가 없이
세상을 물들인다.

어디로 가는 것인지
목적지를 잊은 채
버스와 그녀는
한참을 달린다.

그 흔들림이 요람처럼 느껴져
봄 타는 여자는 달콤하게 잠이 들고
그녀의 우산이 자꾸만 펴져서
사람들을 곤란하게 하는 꿈을 꾼다.

하지만, 그녀가 진짜 바라는 꿈은
버스가 자신을 아무도 모르는 곳으로
데려가주는 것.

이왕이면 하늘을 날아
반 고흐 미술관이 있다는
암스테르담에 떨궈주었으면
좋겠다고 생각한다.

실제로 고흐의 그림을 보면
가슴 뭉클하다지?

* 〈꽃 피는 아몬드 나무Almond Blossom〉_빈센트 반 고흐.

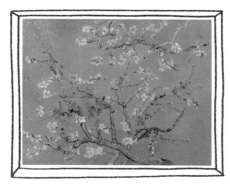

그러나 버스는 어김없이
그녀를 목적지에 토해내고
무심히 떠나간다.

아쉬운 눈빛으로
버스의 뒤를 좇으며
그녀는 그제야 자신이
봄을 타기 시작했다는 것을
알았다.

14°
새벽 2시

숨겨진 이야기들이 빛으로 새어 나오는 시간

대학 때 만난 림 언니는
커트 머리에 고양이를 닮은
얼굴이었다.

언니는 어디에도
속해 있지 않은 사람처럼
자유로워 보였고
자기만의 세계를 가진
예술가 같았다.

그런 점이 막 스무 살이 된 내게는
동경할 만한 것이었다.
나도 언니처럼
나만의 세계를 가지고 싶었다.

때는 조별 졸업작품
2차 검수 날.

조원이 모든 책임을
나에게 돌리고
돌아섰을 때
언니는 모두가 했던
힘내라는 말 대신
이렇게 말해주었다.

이왕 이렇게 된거
그냥 혼자 해봐~
그리고 하다 힘들면
나한테 보내.
내가 도와줄게!

You can do it!

그때 언니에게
도와달라는 말은 못했지만
그 말이 꼭 할 수 있다는
응원의 말처럼 들려서
내게 큰 힘이 되었다.

그래서 언니에게는
항상 빚을 진 것 같은
기분이 든다.

고마운 마음의 빚.

대학을 졸업하고
언니를 보지 못했던 해도 있었지만,
일 년에 한두 번 보더라도
어제 본 것처럼
언니가 편했다.

우리는 광화문 교보문고에서
약속을 잡곤 했는데
한번은 내가 지각을 했다.
언니에게 미안해서
허겁지겁 달려갔는데
언니는 어떤 말도 없이
이병률 시인의 《찬란》이라는
시집을 내게 건네며 웃었다.

나는 시집을 받아들면서
언니는 지각도 찬란하게
만드는 사람이라고 생각했다.

또 광화문 교보문고에서
만나기로 한 날.
그날은 언니가 지각을 했고
나도 언니에게
시집을 선물하고 싶었다.
그래서 고른 건 강성은 시인의
《단지 조금 이상한》.
언니는
책 제목을 마음에 들어했다.

그리고 며칠 뒤
언니에게 문자가 왔다.

새벽 2시야.
이거 니가 준 시집 읽다가
너무 좋아서 보내.
굿나잇.

부끄러움
강성은

친구는 런던에서 방콕에서 뉴욕에서 엽서를 보냈다
나는 귀마개를 쓰고 지칠 때까지 걸어 다녔다
새벽 2시가 되면 반짝이는 창문들이 있어
숨겨진 이야기들이 빛으로 새어 나오는 창문들
한밤중 모두가 잠들었을 때
세상의 모든 딸들은 부끄러움 때문에 죽는다지

먼 곳에서 온 엽서에는 늘 얼룩진 몇 줄이 있다
그 보이지 않는 말들이
내가 아는 가장 아름다운 비밀
너는 지금 어디 있을까
새벽 2시가 되면 빛나는 창문들이 있어
나는 걸어 다니다가 문득 그곳을 보곤 한다

언니의 문자는 시의 한 구절처럼
얼룩진 엽서 같았다.

나는 언니가 준 시집을 꺼내들고
다시 〈찬란〉이라는 시를 읽어내렸다.

지난밤 남쪽의 바다를 생각하던 중에
등을 켜려다 전구가 나갔고
검푸른 어둠이 굽이쳤으나
생각만으로 겨울을 불렀으니 찬란이다

시의 한 구절을
답시로 보내려다
왠지 부끄러워져서
언니에게 고맙다는 말만 전했다.

새벽 2시.

숨겨진 이야기들이
빛으로 새어 나오는 창문들.

그곳이 우리가 있던 밤이었다.

15°

마음의 잔해

한 사람을 잊는다는 것

J는 갑자기
"그 사람 잊었지?"
라고 물었다.

사람을 잊는다는 건 어떤 걸까.

그런 사람이 있었나?
그 사람이 누구야?
하고 시치미를 떼는 것인가.

나는 뭐라 답해야 할지 몰라
머릿속 단어 사전을
뒤적거리며 한참을 고민했다.

사실 나에겐 마음의 잔해를
모아놓은 해변이 있다.

누군가를 향한
온전했던 마음들이
그 형체를 잃고
내 의지와 상관없이
해변을 뒹굴며
파도에 밀려왔다 밀려갔다 하는 것이다.

나는 신발을 벗고
바짓단을 걷어올린 뒤
바다에 발을 담갔다.

그러자 마음의 잔해들이
주인을 알아본 듯
요동치는 것이 느껴졌다.

여기 어딘가에
그 사람에 대한
마음도 있겠지.

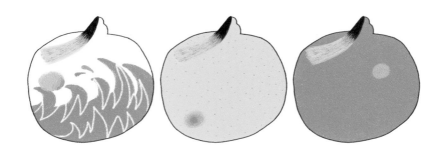

철썩철썩
파도가 세게 몰아쳐
마음이 뺨을 맞은 것처럼
얼얼했다가,
모래 깊숙이 쳐박혀
답답했다가,
물먹은 스펀지처럼
먹먹했다가,
꾸욱 하고 짜버리길
반복하다가,

그러다가 모래알보다
더 작아지고 작아지다,

마음은 가루가 되어
날아가는 걸까.

그렇게 한 사람이 잊히는 걸까.

이런 내 생각을 말하면
J는 말하겠지.

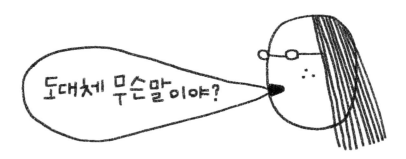

그럼 나는 말할까.

그렇게 미친 듯 웃어 보이면
J는 날 부끄러워하며
가방을 들고 집으로 가려나.

난 J를 집으로 보내버릴까 하다가
"잊었을걸" 하고 얼버무리며
창밖에 시선을 둔다.

벚꽃이 슬프게도
흐드러지게 피었고
한적하던 길가에는
때마침 행복해 보이는
연인이 손을 맞잡고
걸어온다.

타이밍 참,
좋다.

방·콕·
콕·콕·
여행

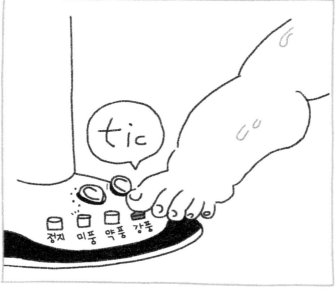

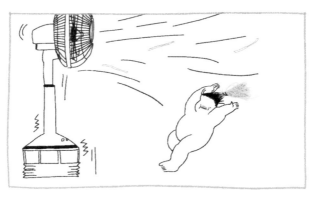

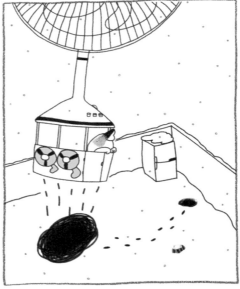

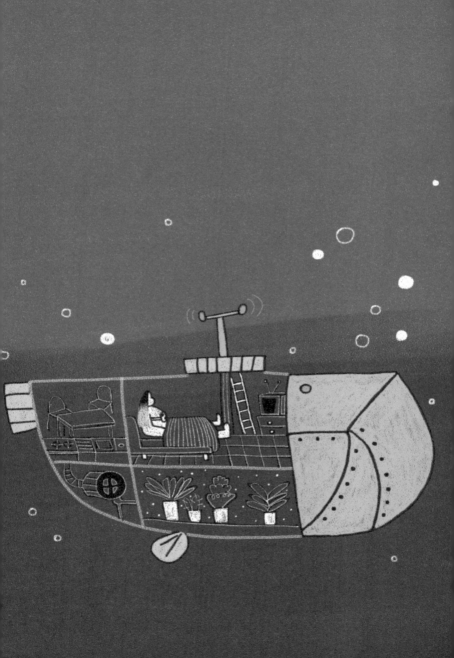

지금은 누군가를 만날 생각이 없다

1판 1쇄 찍음 2017년 7월 15일
1판 1쇄 펴냄 2017년 7월 20일

지은이 투톤
펴낸이 천경호
종이 월드페이퍼
제작 (주)아트인
펴낸곳 루아크
출판등록 2015년 11월 10일 제409-2015-000020호
주소 10083 경기도 김포시 김포한강2로 208, 410-1301
전화 031.998.6872
팩스 031.5171.3557
이메일 ckh1196@hanmail.net

ISBN 979-11-88296-03-3 03810